DÉMARCHES
PATRIOTIQUES
DE M. DE LA FAYETTE,
A L'ÉGARD DES OUVRIERS
DE MONTMARTRE.

LES murmures des Ouvriers de Mont-martre fembloient depuis long-temps préfager une révolte: ils s'accrurent fin-gulièrement le matin du 15 de ce mois, quand ils apprirent qu'à raifon de la Fête, & du Dimanche, qui étoit le lendemain, on leur interdifoit le travail, & par con-féquent qu'ils n'auroient pas de paye

A

pendant deux jours. La fermentation qui régnoit parmi eux, faifoit tout craindre de leur part, lorfque l'on apprit que M. de la Fayette alloit arriver à Montmartre. En effet, il y vint à 11 heures, à cheval, en uniforme, & accompagné d'une douzaine de jeunes gens auffi à cheval.

Ayant cherché avec eux l'emplacement de la montagne le plus propre à contenir beaucoup de monde, il demanda que l'on affemblât les Ouvriers qui étoient épars çà & là dans la plaine. Ils accoururent en foule, hommes & femmes, autour de lui, & après avoir fait faire filence, notre brave Commandant leur tint à-peu-près ce difcours.

« Mes amis, je fuis venu aujour-
» d'hui parmi vous pour vous affûrer
» que la Ville s'occupe effentiellement

» de vous secourir. Elle ne peut pas
» outre-passer la dépense énorme que
» lui occasionne votre grand nombre.
» Elle desire que ceux d'entre vous qui
» ont quitté leurs campagnes , y re-
» tournent pour y travailler utilement.
» Est-il concevable qu'on ait pu les
» abandonner pour des travaux aussi
» inutiles que ceux de Montmartre ?
» & peut-on voir, sans douleur, qu'on
» ait laissé les moissons pour venir ici
» *grater la terre ?* Je vous assure donc
» que la Ville pourvoira, sur-tout, à
» ce que ceux qui voudront retourner
» chez eux , puissent le faire commo-
» dément. Je recommande à ceux qui
» resteront, de ne point jouer, comme
» je fais qu'ils le font. Les jeux d'ar-
» gent sont toujours dangereux parmi
» vous , tant parce qu'ils vous déran-

A 2

» gent de vos travaux, que parce qu'ils
» augmentent souvent vos besoins, &
» occasionnent des querelles. Je vous
» enjoins aussi de ne point faire *en corps*
» les demandes que vous pourriez avoir
» à faire à la Ville , & de choisir
» quelques personnes sages d'entre vous,
» & sur-tout en petit nombre , pour
» faire les représentations que vous
» croirez nécessaires. A ces conditions
» je vous promets d'employer tout mon
» pouvoir , pour vous faire accorder les
» secours dont vous aurez besoin :
» mais si j'apprends , que méprisant
» mes avis , on s'attroupe pour aller
» par-tout porter les murmures, je vous
» avertis que j'emploierai également
» tout mon pouvoir pour vous faire refu-
» -fer les demandes mêmes les plus justes.
» Il est à présumer que dans dix-huit

» mille que vous êtes, il y a beaucoup
» de mauvais sujets ; ceux-là ont le
» plus grand intérêt à donner aux gens
» foibles de mauvais conseils, & à les
» exciter à des révoltes ; mais je vous
» préviens que *je ne les crains pas, moi,*
» *les révoltes.* Ce ne font point mes
» ordres que je vous apporte ici, ce
» font ceux des Repréfentans de la
» Commune; mais comme je fuis à la
» tête de trente mille hommes, bien
» armés, & que j'ai la force en main,
» je l'emploierais à réprimer le défor-
» dre ; je le ferai ceffer à quelque prix
» que ce foit. Malheur, alors, à ceux
» qui auront troublé la tranquillité pu-
» blique. C'eft donc pour votre inté-
» rêt que je fuis venu parmi vous, ne
» l'oubliez pas : je fuis fâché que vous
» ne foyez pas tous ici ; mais faites

» part à vos camarades de mes avis ;
» & efpérez tout de moi, fi vous êtes
» tranquilles ».

Le calme le plus grand a régné pendant tout ce difcours, & des applaudiffemens nombreux, fe font fait entendre lorfqu'il a été terminé.

Le lundi 17, deux cents de ces ouvriers avoient déjà regagné leurs campagnes, & un affez grand nombre d'autres les a fuivis les jours fuivans.

Jeudi dernier 20 du courant, M. de la Fayette eft tetourné à Montmartre, à trois heures après-midi; il a annoncé aux ouvriers, que la Commune s'occuperoit des moyens de leur donner des fecours, qu'ils pouvoient compter fur fes bons offices, s'ils fe conduifoient bien, comme fur fa fermeté ; dans le cas où ils fe laifferoient entraîner à commettre quelques défordres dans Paris. Il a ajouté, que ceux d'entr'eux qui prendroient le parti de regagner leurs foyers, recevroient fur le champ des fecours. Ce petit difcours, convenable aux circonftances, proportionné aux lumieres de ceux à qui il étoit adreffé, a fait fur eux la plus heureufe impreffion, & les cris de *vive M. de la Fayette*, ont retenti de toute part.

Paris, le 24 Août 1789.

Chez GUEFFIER jeune, Libraire, quai des Auguftins, n.° 17.
De l'Imprimerie de GRANGÉ.

Paris, le 24 Août 1789.

De l'Imprimerie de Cravet.

Chez Guerrier jeune, Libraire, quai des
Augustins, n° 17.